POKÉMON™
JUEGOS Y DESAFÍOS

M

Título original: *Pokémon All-Stars Activity Book*
Primera edición: enero de 2017

© 2017 Pokémon. ©1995–2017 Nintendo/Creatures Inc./GAME FREAK inc. TM,
®, and character names are trademarks of Nintendo.

© 2017, de la presente edición en castellano para todo el mundo:
Penguin Random House Grupo Editorial, S.A.U.
Travessera de Gràcia, 47-49. 08021 Barcelona

Realización editorial: Estudio Fénix
© 2017, Javier Lorente Puchades, por la traducción

The Pokémon Company International
601 108th Avenue NE Suite 1600
Bellevue, WA 98004 USA

Editora jefe: Heather Dalgleish
Directora de la publicación: Amy Levenson
Director artístico: Eric Medalle
Diseñadores: Hiromi Kimura, Chris Franc, Emily Safer
Redactor: Lawrence Neves
Editor: Wolfgang Baur
Director comercial: Phaedra Long
Jefe comercial: Eoin Sanders
Comercialización: Hank Woon
Director de proyecto: Emily Luty

Este libro es una producción de Quarto Publishing Group USA Inc.

Printed in Spain – Impreso en España

ISBN: 978-84-9043-800-8
Depósito legal: B-19780-2016

Impreso en Gráficas 94
Sant Quirze del Vallès (Barcelona)

GT38008

POKÉMON

JUEGOS Y DESAFÍOS

montena

ÍNDICE

DIVIÉRTETE CON TUS POKÉMON FAVORITOS

Afila tu ingenio y pon a prueba tus conocimientos del mundo Pokémon con un montón de actividades para pasarlo en grande y conocer mejor todas sus evoluciones y ataques. En las siguientes páginas encontrarás acertijos, juegos de sombras, misterios, laberintos, crucigramas y muchos pasatiempos más. ¡Adelante!

CONOCE A RAICHU

Su cuerpo puede brillar en la oscuridad y cuando se sobrecarga coloca su cola en el suelo y libera la electricidad que le sobra. Por eso no es raro ver zonas chamuscadas cerca de donde tiene su madriguera.
¡Conócelo un poco mejor con esta actividad!

FICHA TÉCNICA

1. Raichu es un Pokémon _____.
   Globo | Nutria | Ratón

2. Pesa _____.
   15 kg | 25 kg | 30 kg

3. Mide _____.
   0,8 m | 1 m | 2 m

4. Es un Pokémon tipo _____.
   Planta | Eléctrico | Tierra

5. Raichu es una evolución de _____.
   Pikachu | Xatu | Rattata

ALGO NO ENCAJA

¿Cuál de estos elementos pertenece a Raichu?

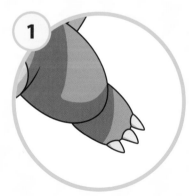

1

2

3

SOLUCIÓN EN LA PÁGINA 59

LOS POKÉMON INICIALES

¡Empieza tu aventura, Entrenador! Ahora ya has conocido a Raichu pero en las siguientes páginas encontrarás un montón de diversión con tus Pokémon preferidos. Empezaremos por los Pokémon iniciales. Son inolvidables y con ellos estableces una relación de confianza duradera.

CHIMCHAR: CRUCIGRAMA

¡Ay, ay, ay…! La memoria de Chimchar ya no es lo que era. Se pasa el día tan ocupado entrenándose para los combates que se ha olvidado hasta de su nombre. ¿Por qué no ayudas a nuestro amigo a recordar algunos datos importantes? Sólo tendrás que resolver este crucigrama.

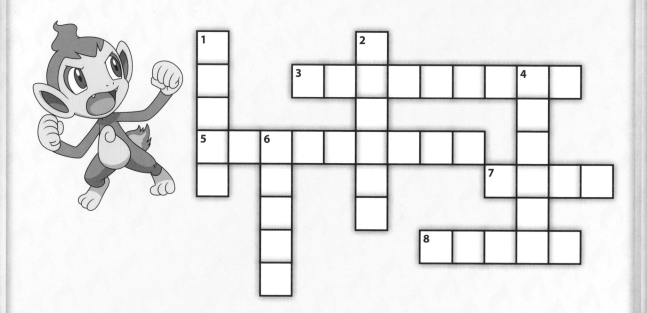

HORIZONTALES

3. Se lo conoce como el Pokémon _____ .

5. Cuando su evolución llega al final, se convierte en _____ .

7. Pesa algo más de _____ kg.

8. Si no se encuentra bien, sus llamas _____ débilmente.

VERTICALES

1. Mide _____ metro de alto.

2. Vive en la región de _____ .

4. Siempre tiene el _____ en llamas.

6. Pertenece al tipo _____ .

SOLUCIÓN EN LA PÁGINA 59

PIPLUP, EL POKÉMON POETA

Todo el mundo admira el talento de Piplup para la poesía. Aquí tienes algunas coplillas que te darán pistas sobre tu Pokémon inicial favorito. ¡A ver si puedes adivinar de quién trata cada una!

Puede que sus orejas te den risa
y que coma ramas resulte extraño;
calla: de sus llamas evita el daño,
deja que por Kalos pasee sin prisa.

Sin abrir los ojos, siempre consciente,
con su aleta, que surca mares y cielos,
y sus branquias, temibles en duelos,
no hay Pokémon más fiel y prudente.

En Teselia vive este ser de un solo tipo.
Planta es, cierto, aunque con dos patas
Y que no tiene manos, sino matas,
y su cola del sol toma su anticipo.

POKÉMON INICIALES

SOLUCIÓN EN LA PÁGINA 59

SNIVY: SOMBRAS MISTERIOSAS

Aunque Snivy se mueve con rapidez, a veces, sus ojos le juegan malas pasadas. Al acercarse al Centro Pokémon, le ha parecido ver unas sombras muy misteriosas. ¿Quién andará por el edificio? Fíjate bien en las siluetas y ayuda a nuestro amigo a identificar a los sospechosos.

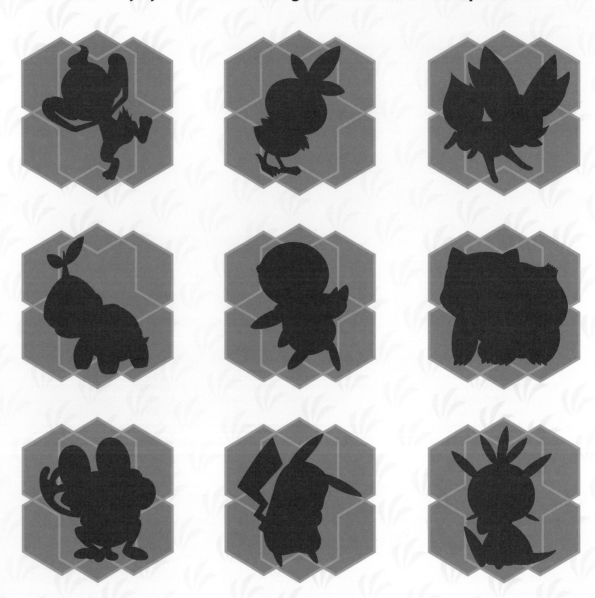

SOLUCIÓN EN LA PÁGINA 59

TEPIG: HALLA LA DIFERENCIA

¡Oh, no! ¡Alguien intenta engañarnos de nuevo! Ayúdanos a encontrar al auténtico Tepig entre este grupo de impostores. Fíjate muy bien, ya que puede haber cambios en el color y en cualquier parte del cuerpo, por pequeña que sea.

1

2

3

4

SOLUCIÓN EN LA PÁGINA 59

OSHAWOTT: CUESTIÓN DE PESO

Nuestro amigo necesita que le eches una mano. Como debe entrenarse a conciencia, conviene tener en cuenta la diferencia que hay entre su peso actual y el que tendrá cuando complete su evolución y se convierta en Samurott. Pero no hay que pasarse ni un gramo, pues de lo contrario, no podrá tomar parte en las fases finales, que se disputarán en Teselia. Así que, ¿podrías calcular el peso exacto y hallar el margen que necesita Oshawott? Te damos una pista: Pikachu pesa 6 kg.

OSHAWOTT

Si pesa 100 g menos que Pikachu, entonces pesará _____ kg.

SAMUROTT

Pesa tanto como 16 Oshawott más 200 g, es decir, _____ kg.

LA DIFERENCIA ES

a) 87,8 kg   b) 88,7 kg   c) 78,8 kg

PUNTUACIÓN

- Tres aciertos sin calculadora: ¡Oshawott se alza con la victoria!
- Tres aciertos con calculadora: ¡buena clasificación!
- Dos aciertos: Oshawott está listo para combatir
- Un acierto: Oshawott debe adiestrarse un poco más

SOLUCIÓN EN LA PÁGINA 59

CHESPIN: OJO AL DETALLE

Nuestro amigo acaba de enterarse de que están a punto de llegar algunos Pokémon que han alcanzado su fase evolutiva final y quiere estar preparado. Sin embargo, hay un montón de gente en el Centro Pokémon y le llevará mucho tiempo identificarlos a todos (de hecho, apenas tendrá unos segundos para echar un vistazo antes de lanzarse al combate). ¿Por qué no lo ayudas y le indicas a qué Pokémon pertenece cada uno de estos detalles?

1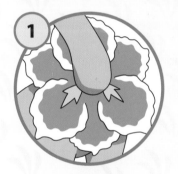

BLASTOISE

2

EMBOAR

3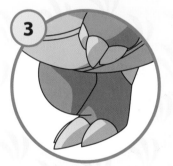

MEGANIUM

4

SERPERIOR

5

EMPOLEON

6

INFERNAPE

SOLUCIÓN EN LA PÁGINA 59

FENNEKIN: ¡CUÁNTO POKÉMON JUNTO!

Fennekin está muy tranquilo: está seguro de que lo sabe todo acerca de los Pokémon. Por ejemplo, distingue muy bien a Pikachu de Rai… ¿o era Lug…? ¡Caramba, vaya lío! ¿Podrías ayudarlo a identificar a los Pokémon de Fuego del resto? Sólo a los de Fuego, ¿eh?

SOLUCIÓN EN LA PÁGINA 59

FROAKIE: ¡ME HE PERDIDO!

Froakie se ha separado de sus amigos Chespin y Fennekin, y no sabe cómo volver. ¡Quién le habrá mandado meterse en ese laberinto! Anda, ve a buscarlo y ayúdalo a salir…

SOLUCIÓN EN LA PÁGINA 59

POKÉMON INICIALES

¡ESCONDIDOS EN UNA SOPA DE LETRAS!

¡Primera fase, superada! ¡Enhorabuena! Ahora solo tienes que encontrar a todos los Pokémon iniciales de esta lista para pasar al siguiente nivel. Pueden estar en sentido horizontal, vertical y diagonal. ¡Que no se te escape ningún Pokémon, Entrenador!

```
M G F I Z G J O N T I W T B H C I R V R
E U F J Z F S S D I T P O T H U E C Q B
Z Z D H G C T H W H P V J I U G W O R Q
Z U O K N V X A K L Z S M Z T C J D Q O
A Z X U I K A W N A S C E L K V W E G J
H X H E G P F O A D H B X H D V J I W N
Y L P R O K C T V A G O V R C N I K U A
U U Y B I I N T R X A D F V L N K A L I
F M Z V H P I P L U P R S V Z L W O Y W
C Y X C Z E W X Q J B H Y F N D V R R X
A L R N I K E N N E F S H C K N T F K S
W O O R K R M T Q X J N M N K E U Z E E
T P I A E F D R Y U U I T B P X M A H E
Y C I R Y W R X R Q T V Q I R G J Q M P
F S M F Z C T H E B L Y G A X O G U D N
```

OSHAWOTT

CHIMCHAR

CHESPIN

PIPLUP

FENNEKIN

SNIVY

FROAKIE

TEPIG

TORCHIC

MUDKIP

SOLUCIÓN EN LA PÁGINA 60

EVOLUCIONES FINALES

Ahora ya has conocido algunos de los más famosos Pokémon iniciales, pero pronto comprobarás van creciendo y haciéndose cada vez más fuertes. Los combates también van a ser de mayor envergadura; así que prepárate que aquí llegan las evoluciones finales.

INFERNAPE: ALGUIEN NO ENCAJA

El hecho de que Infernape tenga la cabeza envuelta en llamas no significa que debamos darle la espalda. Indica cuáles de estos Pokémon son del mismo tipo. ¡Ten cuidado: algunos pueden pertenecer a más de uno!

SOLUCIÓN EN LA PÁGINA 60

EMPOLEON: CRUCIGRAMA

¿Qué sabes de este pingüino emperador que domina las llanuras nevadas de Sinnoh? En este crucigrama hemos escondido algunos detalles muy importantes sobre nuestro amigo.

HORIZONTALES

4. El tamaño de sus _____ indica su poder.
6. Sus cuernos tienen forma de _____ .
7. Sus _____ son tan afiladas que pueden cortar el hielo.
8. Mide casi _____ metros.

VERTICALES

1. y también al _____ .
2. Pertenece al tipo _____ .
3. Al nadar, es tan rápido que parece un _____ .
5. Es el _____ de los pingüinos.

19

SERPERIOR: UN ACRÓSTICO POKÉMON

A ver cuánto sabes sobre las evoluciones finales de algunos Pokémon. Puedes jugar a solas o con alguien más.

REGLAS

Escoge el nombre de un Pokémon. Escríbelo en sentido vertical (si se trata, por ejemplo, de Serperior, deberás hacerlo como ves aquí abajo). A continuación, fíjate en cada letra y piensa en la palabra más larga que se te ocurra que comience por ella. Cuenta las letras y anota un punto por cada una. Así, con la s, podrías formar superioridad y, como tiene 12 letras, sumarías 12 puntos.

S _____

E _____

R _____

P _____

E _____

R _____

I _____

O _____

R _____

EXTRA Para que el juego resulte más emocionante, poneos un tiempo límite (dos minutos, por ejemplo). Y si escribís un nombre de Pokémon, ¡sumaos cinco puntos más!

EMBOAR: POESÍA POKÉMON

¿Quién no ha disfrutado con un buen poema? Todo el mundo sabe que la poesía puede enternecer hasta los corazones más duros. ¡Y el de Emboar es como una piedra!. A ver si puedes identificar a los Pokémon a los que ha dedicado estos versos.

Evita su mirada o estás perdido.
Del buen sol su cuerpo se alimenta.
Verde y bello, y con gran vestimenta,
Este Pokémon de Teselia ha venido.

En su espalda caben varios amiguillos.
Su cuerpo no parece tener fin.
Carga un escudo grande como un montecillo
Y se dice que mora en un profundo confín.

Una rama ardiente para ser visto.
Su mirada es profunda y adivina el futuro.
Su poder enorme, que nadie se pase de listo,
Pues sólo hallará un contrincante duro.

SOLUCIÓN EN LA PÁGINA 60

SAMUROTT: ¡A JUGAR CON SU NOMBRE!

Nuestro amigo sólo quiere enfrentarse con adversarios que estén a su altura. Aquí tienes un juego en el que puedes demostrarle –a solas o con más gente– lo inteligente que eres.

REGLAS

Elige, solo o de acuerdo con el resto de jugadores, un Pokémon evolucionado como Samurott. A continuación, escribe su nombre en una hoja de papel y combina las letras para obtener la mayor cantidad de palabras posible durante dos minutos. Gana quien haya encontrado más.

EJEMPLO

SAMUROTT

Torso

Astro

Muro

Rosa

Ruta

Toro

CHESNAUGHT: ¿DE QUIÉN ES ESTO?

Cuando un Pokémon se encuentra en medio de un buen combate, debe aguzar sus sentidos y no perder de vista a su oponente. Algunas veces, debe tomar decisiones en un abrir y cerrar de ojos, y anticiparse a los movimientos de un adversario. Chesnaught necesita mejorar sus dotes de observación. Ayúdalo a identificar a qué Pokémon pertenece cada una de estas partes.

1
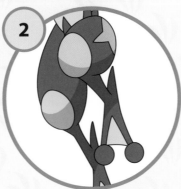

2

3

4

5

6

SOLUCIÓN EN LA PÁGINA 60

DELPHOX: ¡VAYA CRIPTOGLIFO!

¿Podrías descifrar este mensaje en clave? Te ayudará a saber algo más sobre un misterioso Pokémon que vive en Kalos. Por suerte, algunos amigos pueden echarte una mano.

____I MIRA EL ____UE____O

___IJAM____NT____, PU____D____

VER EL ____UTURO.

SE LLAMA: _ _ _ _ _ _ _ _

LEYENDA

= E   = F

= G   = S

SOLUCIÓN EN LA PÁGINA 60

GRENINJA: SOMBRAS OCULTAS

Un Pokémon debe estar siempre alerta y aguzar sus sentidos para detectar a un posible adversario. Y hay que prepararse a conciencia, pues hay que verlos incluso cuando se ocultan en la oscuridad. A ver si puedes identificar las siluetas de los Pokémon a pesar de que el fondo es un poco... mareante.

SOLUCIÓN EN LA PÁGINA 60

EVOLUCIONES FINALES

EMBROLLO DE EVOLUCIONES FINALES

Ahora que ya has completado los desafíos de las Evoluciones finales solo te queda por resolver esta sopa de letras con algunos de tus Pokémon más traviesos. Recuerda que los nombres pueden estar en sentido horizontal, vertical y diagonal. ¡A por ello!

E B L K V V G C V T R I U C R C G X V V
R P B Y G P B R V I K G P E O A R L D C
R K A Q T H G U A N S E H C I W E Y B L
I C G N K R B H W G A A H G R B N W C A
J C Z Z R G A T S F O B M E E R I T V B
W T J Y S E Z O N K E X V U P B N T E I
B Q C Y C D F D B S U X X Q R A J B W M
X O H P L E D N I M M M G Y E O A P M M
X C B Q V J K O I E E K M P S H T H G I
G Z X R N U T D G G J S W T B J C T R J
G A G Z P S A A R S T M K H U J D E J J
M R O Y A J N J R D J U G D N G K H E Z
M O F L O I T U P P Q E M P O L E O N Q
X L B Y U M L O K W K U Q S H Y D M O W
P U S M J N Z K T B L Z L B M A W J J N

INFERNAPE
EMPOLEON
SERPERIOR
EMBOAR
SAMUROTT
CHESNAUGHT
DELPHOX
GRENINJA
BLASTOISE
MEGANIUM

¿Sabes bien quiénes son los Pokémon legendarios? Poseen una fuerza sin igual y ejercen una gran influencia, ¡incluso se dice que su poder ha dado forma al mundo! Muy pocos los han visto, pero seguro que les conoces bien. Demuestra tu conocimiento del mundo Pokémon resolviendo estas actividades protagonizadas por legendarios.

UXIE: COMPLETA EL POKÉMON

Nuestro amigo no se siente muy bien. Incluso un Pokémon tan especial –ya sabes que los humanos le debemos el don de la inteligencia – tiene días malos. Fíjate en que ha perdido el color. ¿Por qué no lo ayudas a recuperar el ánimo? Bastará con que completes el dibujo y, luego, lo pintes siguiendo la combinación correcta.

ELIGE EL COLOR

1) Amarillo | Rojo | Azul

2) Rosa | Azul | Verde

3) Azul | Blanco | Rojo

SOLUCIÓN EN LA PÁGINA 60

LEGENDARIOS

MESPRIT: ¿CUÁL SERÁ SU TIPO?

Según cuenta la leyenda, Mesprit trajo la alegría y la tristeza a los corazones de la gente. Por eso se lo conoce como el Ser de la emoción. ¡No es fácil estar a su altura! Por si fuera poco, también conoce muy bien todos los tipos de Pokémon. Con todo, a veces necesita recordarlos con rapidez. Ayúdalo relacionando cada personaje con el tipo al que pertenece. ¡Pero en menos de dos minutos!

TIERRA

VOLADOR

DRAGÓN

PSÍQUICO

FUEGO

VOLADOR

AGUA

DRAGÓN

TIERRA

FUEGO

ACERO

SOLUCIÓN EN LA PÁGINA 61

AZELF: ¡QUÉ MAREO!

Conocido como el Ser de la voluntad, Azelf ha demostrado en varias ocasiones que todo puede conseguirse si nos lo proponemos seriamente. Sin embargo, la agudeza visual y la rapidez de reflejos nunca están de más. Ayuda a nuestro amigo a identificar a estos legendarios que se han ocultado tan bien en esta imagen.

SOLUCIÓN EN LA PÁGINA 61

DIALGA: ¡OTRO LABERINTO!

Este legendario puede controlar el tiempo con su potente rugido. Pero su vida no tiene mucho sentido sin Palkia, su archiadversario. Por eso lo busca constantemente. Ayúdalo a alcanzarlo a través de este enrevesado laberinto.

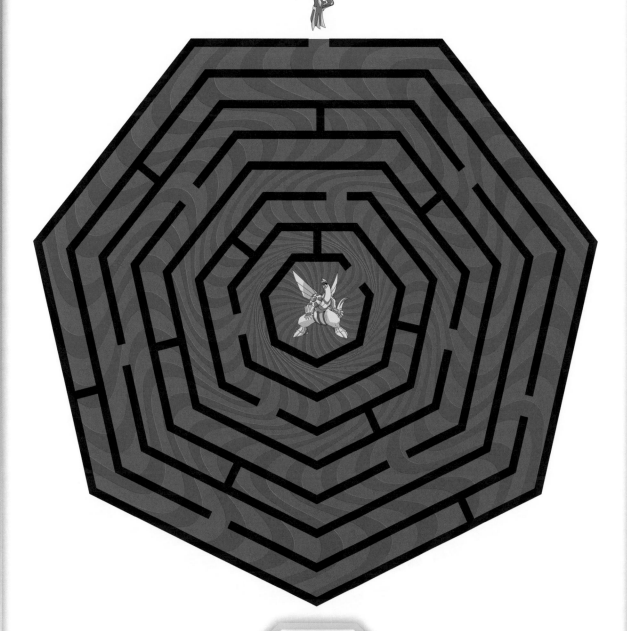

SOLUCIÓN EN LA PÁGINA 61

PALKIA: KILO A KILO...

Y hablando de rivalidades: ¿sabías que Dialga y Palkia no pesan ni miden lo mismo? Ni siquiera se acercan. De hecho, uno pesa casi el doble que el otro. ¿Podrías indicarnos cuál es y cualcular la diferencia entre ambos? Resuelve el misterio y demuestra si uno de los dos vale su peso en diamantes o perlas.

DIALGA

PALKIA

Pikachu pesa 6 kg.
Dialga pesa lo mismo
que 113 Pikachu más 5
kg; es decir, _____ kg.

Pesa lo mismo
que 56 Pikachu; es
decir, _____ kg.

LA DIFERENCIA ES

a) 345 kg

b) 347 kg

c) 374 kg

PUNTUACIÓN

Aciertas sin calculadora y a la primera: ¡controlas el espacio y el tiempo!

Aciertas, pero con calculadora: bueno, al menos controlas uno de los dos…

Has necesitado dos intentos: llegas un poco tarde…

Has necesitado tres intentos: mejor deja el espacio y el tiempo a Dialga y Palkia.

LEGENDARIOS

SOLUCIÓN EN LA PÁGINA 61

HEATRAN: PALABRAS CONFUSAS

Alguien ha vuelto a intentar reunir a varios Pokémon para acabar con el poderoso Heatran. Por suerte, y con un poco de ayuda, nuestro amigo podrá aprender los movimientos precisos para derrotar a sus contrincantes. Descifra esta lista de legendarios que alguien escribió a toda prisa en las rocas magmáticas de Sinnoh.

ALGADI

PRESTIM

LIBACOON

TROLSEM

TALYVEL

SEDOXY

KAUROI

UGLIA

SOLUCIÓN EN LA PÁGINA 61

LEGENDARIOS

REGIGAS: ENCUENTRA AL POKÉMON

A veces, incluso a un Pokémon le cuesta seguir la pista de otro legendario. Pensemos en Regigas, por ejemplo. En algunas ocasiones, confude a Regice, Registeel y Regirock con otros. ¿Por qué no lo ayudas a aclararse? Bastará con que unas las características que aparecen a la derecha con el personaje correspondiente.

Sus hombros son de color naranja

Es el más esférico de los tres

Tiene la cabeza más puntiaguda

SOLUCIÓN EN LA PÁGINA 61

GIRATINA: MEGAMAGNÍFICO

Giratina necesita ayuda: acaba de enterarse de que algunos legendarios pueden evolucionar gracias a las megapiedras. Echa un vistazo a estos Pokémon, localiza al legendario en cuestión y rodéalo con un círculo.

CRESSELIA: ALGUIEN SE HA COLADO...

Las partículas brillantes que forman la estela que dejan sus alas explicarían por qué Cresselia se siente atraída por los enigmáticos y majestuosos Pokémon Dragón. Sin embargo, ese mismo detalle, por muy bello que sea, se convierte en un verdadero problema para un Pokémon Lunar. Ya sabemos que es difícil dar con un Pokémon Dragón, pero nuestra amiga está convencida de que puede conseguirlo. Ayúdala indicándole cuál de estos personajes no pertenece a ese tipo.

SOLUCIÓN EN LA PÁGINA 61

COBALION: ¿DE QUIÉN ES ESTO?

Muchos legendarios poseen elementos comunes como plumas, corazas o garras, y cuesta reconocerlos a la primera. Cobalion sabe que debe proteger a los demás Pokémon y, por eso, ha de distinguirlos con rapidez. Ayúdalo a identificar a algunos personajes a partir de estos detalles.

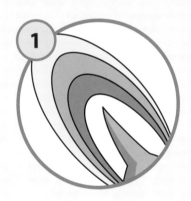

1

2

3

4

5

6

LEGENDARIOS

SOLUCIÓN EN LA PÁGINA 61

37

TERRAKION: OTRO CRUCIGRAMA LEGENDARIO

Aunque, en principio, todo buen entrenador debería saberlo todo sobre los Pokémon, también es muy importante que nuestros amigos estén al tanto de las virtudes y los puntos débiles de sus compañeros. Resuelve este crucigrama en el que deberás poner a prueba todos tus conocimientos sobre los legendarios.

HORIZONTALES

1. En la Antigüedad, en Sinnoh se veneraba a este legendario, capaz de doblar y deformar el espacio.
4. A este Pokémon de Sinnoh se lo conoce también como el Pokémon Voluntad.
8. A este Pokémon, también de Sinnoh, se lo conoce como el Pokémon Sensorio.
10. Este legendario de Teselia se envuelve con nubes de tormenta para que nadie lo vea y su cola puede producir descargas eléctricas.
11. Se dice que este legendario de Sinnoh puede crear réplicas de sí mismo con rocas, hielo o magma.
13. Este legendario de Hoenn nació de la mutación de un virus procedente del espacio.
14. Cuenta la leyenda que este Pokémon de Teselia se mueve con tanta rapidez que sus oponentes quedan desconcertados.
15. Para la seguridad de todos, este legendario de Johto vive en el fondo del mar.

VERTICALES

2. Cuando canaliza el poder de la naturaleza, este legendario de Hoehn puede desatar fuertes tormentas que eleven el nivel del mar.
3. Cuando este legendario de Kalos abre sus alas, sus plumas emiten un brillo oscuro.
5. Se dice que este legendario de Johto nació de un volcán en erupción.
6. A este legendario de Teselia se lo conoce también como Pokémon Cavernícola.
7. Cuando brotó la energía fría que se almacenaba en su interior, el cuerpo de este legendario de Teselia quedó congelado.
9. Cuenta la leyenda que este legendario de Teselia se siente atraído por quienes aman la verdad.
10. Habita en lo más profundo de una cueva, en la región Kalos, y se dice que es un guardián del ecosistema.
12. Como castigo, este Legendario de la región de Sinnoh fue desterrado a otra dimensión donde todo está distorsionado e invertido.

SOLUCIÓN EN LA PÁGINA 62

LEGENDARIOS

VIRIZION: COMPLETA EL POKÉMON

Los colores poseen una gran importancia a la hora de identificar a un Pokémon –y más cuando hay que entablar combate–. Según su tonalidad, podemos saber si estos seres están tranquilos o enfadados. Por eso es crucial saber cuál es la combinación exacta. Virizion es un buen ejemplo de ello. Acaba de dibujarlo, escoge los colores correctos de la lista siguiente y píntalo.

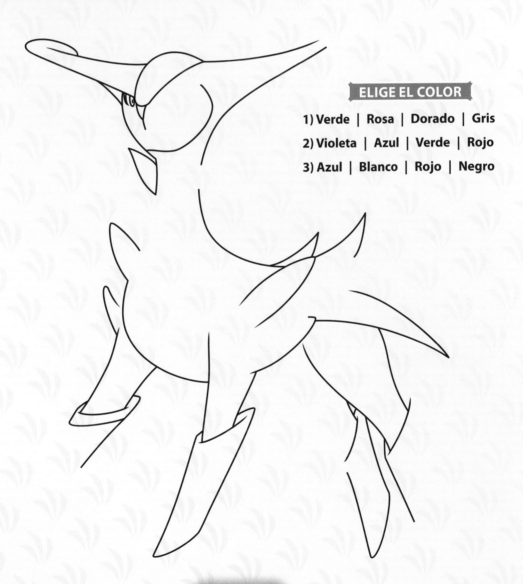

ELIGE EL COLOR

1) Verde | Rosa | Dorado | Gris
2) Violeta | Azul | Verde | Rojo
3) Azul | Blanco | Rojo | Negro

SOLUCIÓN EN LA PÁGINA 62

LEGENDARIOS

TORNADUS: A MAL TIEMPO...

Parece sencillo. Basta con relacionar el tiempo atmosférico con el legendario correspondiente. ¿Qué está chupado? Vale. Indica a qué categoría pertenece cada Pokémon. ¿Que aún te parece fácil? Caramba... Entonces, escoge también el tipo.

VIENTO Y RELÁMPAGO

TIERRA
VOLADOR

CENTELLA

RELÁMPAGO

FERTILIDAD

VIENTO

ELÉCTRICO
VOLADOR

VOLADOR

TORBELLINO

SOLUCIÓN EN LA PÁGINA 62

LEGENDARIOS

THUNDURUS: ENCUENTRA AL POKÉMON CORRECTO

Aunque Thundurus es un legendario con todas las de la ley, hay algo que lo hace aún más interesante: el hecho de pertenecer a dos tipos con gran poder. Pero no es el único. Observa bien este grupo y encuentra al Pokémon que comparte esta característica con nuestro amigo. ¡Suerte!

SOLUCIÓN EN LA PÁGINA 62

RESHIRAM: FALTAN LETRAS...

Nuestro amigo valora mucho a quienes aman la verdad. Por eso te conviene ayudarlo para descifrar este mensaje. Responde a cada acertijo y toma la letra que escribas en el cuadro para descubrir al misterioso Pokémon. ¡Suerte! ¡Reshiram depende de ti!

1. Este Pokémon Temporal controla el tiempo con un potente rugido.

D I A L ⬜ A

2. Se lo conoce también como el Pokémon Renegado.

⬜ I R A T I N A

3. A este legendario de Kanto se lo conoce también como Pokémon Llama.

M O L T ⬜ E S

4. Este Pokémon de la Cuenca del Mar habita en la región de Hoehn.

K Y O G R ⬜

5. Se lo conoce también como el Ser de la emoción.

M E S P R ⬜ T

6. A este legendario de Johto se lo conoce también como el Pokémon Aurora.

S U ⬜ C U N E

7. Este Pokémon Buceador procede de la región de Johto.

L U ⬜ I A

8. A este legendario de Teselia se lo conoce también como el Pokémon de Tesón de Acero.

C O B ⬜ L I O N

9. A este legendario de Kalos se lo conoce también como Pokémon de Vida.

X E R N E A ⬜

Pokémon oculto:

___ ___ ___ ___ ___ ___ ___ ___ ___

SOLUCIÓN EN LA PÁGINA 62

ZEKROM: OTRO ACRÓSTICO MÁS

Vamos a poner a prueba tus dotes para jugar con los nombres de los legendarios. Si te apetece, puedes buscar a alguien con quien competir.

REGLAS

Elige el nombre de un Pokémon. Escríbelo en sentido vertical (fíjate cómo hemos colocado a Zekrom). A continuación, fíjate en cada letra y piensa en la palabra más larga que se te ocurra que comience por ella. Cuenta las letras y anota un punto por cada una. Así, con la z, podrías formar zoológico y, como tiene 9 letras, sumarías 9 puntos.

Z _____

E _____

K _____

R _____

O _____

m _____

EXTRA Para que el juego resulte más emocionante, poneos un tiempo límite (dos minutos, por ejemplo). Y si escribís un nombre de Pokémon, ¡sumaos cinco puntos más!

LEGENDARIOS

LANDORUS: CAPTA EL MOVIMIENTO

Te guste o no, algunos Pokémon, como el tempestuoso trío formado por Landorus, Thundurus y Tornadus, poseen ciertos movimientos que les confieren gran ventaja en los combates. Ayuda a Landorus a descubrir el movimiento secreto de estos tres temibles adversarios.

LANZALLAMAS

LÁTIGO CEPA

BOLA SOMBRA

VENDAVAL

RAYO BURBUJA

EXCAVAR

PARANORMAL

TRUENO

MACHADA

SOLUCIÓN EN LA PÁGINA 62

KYUREM: CAPTA EL MOVIMIENTO

Nuestro amigo necesita que le eches una mano para identificar a estos Pokémon. No dispones de mucho tiempo: sólo 90 segundos como máximo. Si tardas más, ¡Kyurem puede acabar fundido!

1

2

3

4

5

6

7

SOLUCIÓN EN LA PÁGINA 63

LEGENDARIOS

XERNEAS: EL PESO JUSTO

Hasta ahora, comparábamos el peso de dos Pokémon. También íbamos a hacerlo en esta ocasión, pero Xerneas se ha presentado de improviso y, bueno, veremos en qué se diferencia este Legendario de Kalos de sus paisanos Yveltal y Zygarde. El procedimiento es básicamente el mismo. Deberás calcular el peso de este último, restarle el peso de Xerneas, sumarle el de Yveltal y… ¡A ver qué descubrimos!

ZYGARDE

Si Pikachu pesa 6 kg y Zigarde, lo mismo que 50 Pikachu más otros 5 kg, entonces pesa ____ kg.

XERNEAS

Pesa lo mismo que 35 Pikachu más otros 5 kg; es decir, ____ kg.

YVELTAL

Pesa lo mismo que 33 Pikachu más otros 5 kg; es decir, ____ kg.

LA DIFERENCIA ES

a) 293 kg

b) 193 kg

c) 283 kg

d) 293 kg

PUNTUACIÓN

- Aciertas a la primera y sin calculadora: ¡tú sí que eres un Legendario!
- Aciertas a la primera y con calculadora: ¡qué bien aprietas los botones!
- Aciertas al segundo intento: no te llevas muy bien con estos Pokémon, ¿verdad?
- Aciertas a la tercera: las mates no son lo tuyo…

LEGENDARIOS

SOLUCIÓN EN LA PÁGINA 63

YVELTAL: ¡SAL DEL LABERINTO!

Nuestro legendario amigo emplumado busca a Xerneas para entrenar un poco. Pero Xerneas está muy ocupado siguiendo la pista de Zigarde. Ayuda a Yveltal a recorrer el laberinto, dar con Xerneas y guiarlos hasta la seguida, donde está Zigarde. ¡Ah, y todo eso en menos de un minuto!

SOLUCIÓN EN LA PÁGINA 63

ZAPDOS: UNA SOPA DE LETRAS PODEROSA

En Kanto, Johto, Hoenn, Sinnoh, Teselia y Kalos hay fascinantes Pokémon legendarios, pero en esta sopa de letras no los encontrarás por regiones Pokémon, así que tendrás que resolverla para localizar a los 10 legendarios de la siguiente lista. ¡Adelante!

```
L A G I T S N G S B O Y U H T V Y N F F
U G N F O B I A Z U X T V O S V M L W K
X X R I I R G L X A A T S K R I R N S N
O Y N Y A L Y I E W P F M S C B P L U M
Y V R T A T E G S O N D S K P A R W P E
J N I I N E N O I L A B O C N Z G X V D
D N D L C R A T I J W I V S A E Z A Y F
A J J X R R F K I E P J L Q R L U K S C
P A L K I A Z I W R A G T Z T F X E E G
Q U Q N F K Y K Q S P D F I A N F M D R
R Y Q S W I K E M V Z S I O E B G F J Q
W N G T L O E C E S A V E G H Q X P C D
W T T W R N M D H S J S E M V L R U O K
K E Z X B W A M M M V I H D W Q K G N W
L W R S Y P B V D Q F C S F B C C W V X
```

UXIE
MESPRIT
AZELF
DIALGA
PALKIA
HEATRAN
GIRATINA
COBALION
TERRAKION
ZAPDOS

SOLUCIÓN EN LA PÁGINA 63

SINGULARES

¡Fantástico! Has llegado a los Pokémon singulares, ¡buen trabajo!
Ahora prepárate para un último reto. Merece la pena tomárselos en serio
porque pese a la apariencia dulce e inofensiva de algunos los singulares,
en realidad juegan un papel muy importante y tienen mucho poder.
¡Resuelve las actividades de las próximas páginas y los conocerás mejor!

SHAYMIN: ALGUIEN NO ENCAJA

A Shaymin le encanta pertenecer a su tipo. No hay otro Pokémon al que le encaje tan bien. Bueno, sí: hay otro singular que lo comparte con nuestro amigo, aunque en su caso posee otro tipo más. ¿Podrías señalar cuál es?

ARCEUS: ¿QUÉ LE HABÉIS HECHO A MI NOMBRE?

No es fácil relacionarse con Arceus: se aburre con facilidad. Quizá por eso se pase horas y horas dando vueltas a su nombre. Ya conoces las reglas del juego. Puedes practicarlo a solas o con alguien más.

REGLAS

Elige, solo o de acuerdo con el resto de jugadores, a un singular (en este caso, Arceus). A continuación, escribe su nombre en una hoja de papel y combina las letras que lo forman para obtener la mayor cantidad de palabras posible durante dos minutos. Gana quien haya encontrado más.

EJEMPLO

ARCEUS

Cresa

Cera

Cura

Acre

Rusa

Ser

VICTINI: ALGUIEN ACECHA EN LA SOMBRA

De nuevo, tendrás que echar mano de todo tu talento para salir de ésta. Pero vale la pena, porque todo el mundo sabe que Victini garantiza la victoria en todos los combates. Sin embargo, no te confíes: varios Pokémon acechan ocultos y pueden aparecer en cualquier momento. Ayuda a nuestro singular amigo identificándolos antes de que ataquen.

SINGULARES

KELDEO: DETALLES, DETALLES...

Se dice que Keldeo es un acertijo envuelto en un misterio encerrado a su vez en un enigma. Bueno, también es un singular muy majete que puede reconocer a cualquier Pokémon de un vistazo. A ver si eres capaz de igualarlo...

1

2

3

_____

4

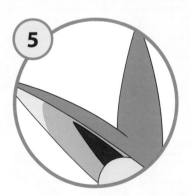

5

6

_____

SOLUCIÓN EN LA PÁGINA 64

SINGULARES

MELOETTA: NO DEJES EL DIBUJO A MEDIAS...

Meloetta es un singular de lo más colorido (o eso dicen). En la Pokédex se dice que posee las tonalidades más brillantes que un Pokémon pueda ostentar. Completa este dibujo y selecciona los colores más adecuados.

ELIGE EL COLOR

1) **Azul** | **Verde** | **Gris** | **Blanco**
2) **Rosa** | **Azul** | **Verde** | **Amarillo**
3) **Azul** | **Blanco** | **Rojo** | **Rosa**

SOLUCIÓN EN LA PÁGINA 64

GENESECT: BUSCA AL POKÉMON CORRECTO

Nuestro singular amigo pertenece a dos tipos distintos, un detalle que gusta a sus Entrenadores y que, además, lo convierte en un luchador formidable. A ver si puedes identificar a otros Pokémon con los que comparta, al menos, uno de esos tipos. Bastará con que los rodees con un círculo.

SOLUCIÓN EN LA PÁGINA 64

SINGULARES

DIANCIE: UN ACRÓSTICO CON NOMBRE DE POKÉMON

Demuestra tu habilidad con las palabras usando las letras del nombre de este singular. Si quieres, puedes jugar con alguien más.

REGLAS

Escoge el nombre de un Pokémon y escríbelo en sentido vertical (en este caso, hemos optado por Diancie). A continuación, fíjate en cada letra y piensa en la palabra más larga que se te ocurra que comience por ella. Cuenta las letras y anota un punto por cada una. Así, con la d, podrías formar duplicidad y, como tiene 10 letras, sumarías 10 puntos.

D _____

I _____

A _____

N _____

C _____

I _____

E _____

EXTRA Para que el juego resulte más emocionante, poneos un tiempo límite (dos minutos, por ejemplo). Y si escribís un nombre de Pokémon, ¡sumaos cinco puntos más!

56

HOOPA: ¿QUIÉN ES ESE POKÉMON?

Solución en la página 64

Hoopa es uno de los singulares más fuertes, quizá porque es Psíquico y Fantasma a la vez. Conoce un montón de movimientos muy pero que muy peligrosos. Pero ¿podrá identificar a sus oponentes con rapidez? Échale una mano. A ver si puedes hacerlo tú también.

SINGULARES

MEW: UNA SOPA DE LETRAS MUY SINGULAR

¡Buen trabajo! ¡Has conseguido superar todos los retos y desafíos Pokémon! Tu último rompecabezas es esta sopa de letras con excepcionales singulares. Demuestra que lo sabes todo del mundo Pokémon superando esta última prueba. Esperamos que te hayas divertido con este libro de actividades. ¡Hasta la próxima, Entrenador!

```
S K G L P E W H K I C O S Z E Z H C R H
A H Y D B P U Y V X E L T O O E R Q A Y
Z B A U R X C S B D P X W E Q P K Y O O
T H N Y Y E W P L H H Z B W F R U N S C
J P M F M X J E C S P H W A A D A U I O
C P Y W V I K Q F Z Y C T V J J K P V U
I X I L D K N H K T H T M C A T P V X U
P X U C B N A L G G S J S E F S A X B Z
Y E Y Y P L V E N J U Y H N W P X R O V
Z H O E I C N A I D E M D N F S Z T U I
W L P A G S X J L R C M E L O E T T A C
R A S A E J K K H D R H O O P A T Y Y T
B K T C N K J X F F A M A X F L O H Q I
R J T I D A T Z P M M T O Y L B Z P Q N
F W F D I B M N D U C D L V O R O M M I
```

SHAYMIN
ARCEUS
VICTINI
KELDEO
MEW
MELOETTA
GENSECT
DIANCIE
HOOPA
MANAPHY

SINGULARES

SOLUCIÓN EN LA PÁGINA 64

SOLUCIONES

PÁGINA 6

1) Ratón
2) 30 kg
3) 0,8 m
4) Eléctrico
5) Pikachu

PÁGINA 8

Crucigrama:
- 1 (vertical): MEDIO
- 2 (vertical): SINNOH
- 3 (horizontal): CHIMPANCE
- 4 (vertical): CULT
- 5 (horizontal): IN
- 6 (vertical): FUEGO
- 6 (horizontal): INFERNAPE
- 7 (horizontal): SEIS
- 8 (horizontal): ARDEN

PÁGINA 9

FENNEKIN

MUDKIP

SNIVY

PÁGINA 10

CHIMCHAR

TORCHIC

FENNEKIN

TURTWIG

PIPLUP

BULBASAUR

FROAKIE

PIKACHU

CHESPIN

PÁGINA 11

3

PÁGINA 12

OSHAWOTT: 5,9 kg.
SAMUROTT: 94,6 kg.
La diferencia es: B) 88,7 kg.

PÁGINA 13

1) MEGANIUM
2) SERPERIOR
3) BLASTOISE
4) EMBOAR
5) INFERNAPE
6) EMPOLEON

PÁGINA 14

Pokémon de tipo fuego:

CYNDAQUIL

FENNEKIN

TORCHIC

CHARMANDER

PÁGINA 15

PÁGINA 16

```
M G F I Z G J O N T I W T B H C I R V R
E U F J Z F S S D I T P O T H U E C Q B
Z Z D H G C T H W H P V I I U G W O R Q
Z U O K N V X A K L Z S M Z T C J D Q O
A Z X U I K A W N A S C E L K V W E G J
H X H E G P F O A D H B X H D V J I W N
Y L P R O K C T V A G O V R C N I K U A
U U Y B I I N T R X A D F V L N K A L I
F M Z V H P I P L U P R S V Z L W O Y W
C Y X C Z E W X Q J B H Y F N D V R R X
A L R N I K E N N E F S H C K N T F K S
W O O R K R M T Q X J N M N K E U Z E E
T P I A E F D R Y U U I T B P X M A H E
Y C I R Y W R X R Q T V U R G J Q M P
F S M F Z C T H E B L Y G A X O G U D N
```

PÁGINA 18

Pokémon de tipo Fuego/Lucha

EMBOAR

BLAZIKEN

PÁGINA 19

Crossword:
- 1. ACEITE
- 2. AGUA (AGAO)
- 3. TORPEDO
- 4. CUERNOS
- 5. EMPERADOR
- 6. TRIDENTE
- 7. ALAS
- 8. DOS

PÁGINA 21

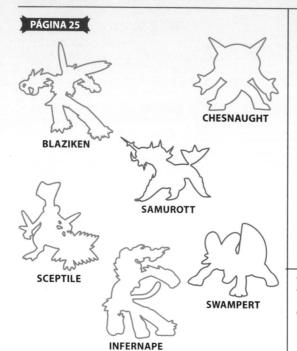

SERPERIOR   **TORTERRA**   **DELPHOX**

PÁGINA 23

① **DELPHOX**   ② **GRENINJA**   ③ **SCEPTILE**   ④ **BLAZIKEN**   ⑤ **INFERNAPE**   ⑥ **BLASTOISE**

PÁGINA 24

S̲I MIRA EL F̲UEGO F̲IJAMENT̲E, PUED̲E VER EL F̲UTURO. SE LLAMA: <u>DELPHOX</u>

PÁGINA 25

BLAZIKEN

CHESNAUGHT

SAMUROTT

SCEPTILE

INFERNAPE

SWAMPERT

PÁGINA 26

```
E B L K V V G C V T R I U C R C G X V V
R P B Y G P B R V I K G P E O A R L D C
R K A Q T H G U A N S E H C I W E Y B L
I C G N K R B H W G A A H G R B N W C A
J C Z Z R G A T S F O B M E E R I T V B
W T J Y S E Z O N K E X V U P B N T E I
B Q C Y C D F D B S U X X O R A J B W M
X O H P L E D N M M M G Y E O A P M M
X C B Q V J K O L E E K M P S H T H G I
G Z X R N U T D G G J S W T B J C T R J
G A G Z P S A A R S T M K H U J D E J J
M R O Y A J N J R D J U G D N G K H E Z
M O F L O I T U P P Q E M P O L E O N Q
X L B Y U M L O K W K U Q S H Y D M O W
P U S M J N Z K T B L Z L B M A W J J N
```

PÁGINA 28

Colores:

1) Amarillo | Rojo | Azul

PÁGINA 29

Tierra — Dragón/Psíquico — Tierra/Volador — Fuego/Acero — Agua/Dragón — Fuego/Volador

PÁGINA 30

REGIROCK — REGISTEEL — REGICE

THUNDURUS — LANDORUS — TORNADUS

PÁGINA 31

PÁGINA 32

DIALGA: 683 kg.
PALKIA: 336 kg.
La diferencia es:
B) 347 kg.

PÁGINA 33

ALGADI: DIALGA
PRESTIM: MESPRIT
LIBACOON: COBALION
TROLSEM: MOLTRES
TALYVEL: YVELTAL
SEDOXY: DEOXYS
KAUROI: RAIKOU
UGLIA: LUGIA

PÁGINA 34

REGISTEEL
Es el más esferico de los tres.

REGICE
Tiene la cabeza más puntiaguda

REGIROCK
Sus hombros son de color naranja

PÁGINA 35

LATIAS — LATIOS

PÁGINA 36

Psíquico/Volador

PÁGINA 37

 1 CRESSELIA

 2 ZEKROM

 3 KYUREM

 4 XERNEAS

 5 YVELTAL

 6 ZYGARDE

SOLUCIONES

PÁGINA 38

Crossword solution:

```
                              ¹P A L ²K I A
      ³Y         ⁴A Z ⁵E L F      Y O G      ⁷K
      Y              N      ⁶T    O G R      Y
  ⁸M E S P ⁹R I T    E      E     G          U
      L     E        I      R     R          E
      T     S        ¹⁰Z E K R O M            M
      A     H               R    ¹¹R E G I G I G A S
      L     I               A     A  ¹²G
      ¹¹R E G I G I G A S    K     M   I
                            O     ¹³D E O X Y S
                            N         E
                      ¹⁴V I R I Z I O N
                            ¹⁵L U G I A
```

PÁGINA 39

Colors: 1) Verde | Rosas | Dorado | Gris

PÁGINA 40

Viento
Torbellino
Volador

Relámpago
Centella
Eléctrico / Volador

Viento y relámpago
Fertilidad
Tierra / Volador

PÁGINA 41

Eléctrico / Volador

PÁGINA 42

1) DIALGA
2) GIRATINA
3) MOLTRES
4) KYOGRE
5) MESPRIT
6) SUICUNE
7) LUGIA
8) COBALION
9) XERNEAS
Pokémon oculto:
REGIGIGAS

PÁGINA 44

Machada

Trueno

Vendaval

PÁGINA 45

① **CRESSELIA** ② **VIRIZION** ③ **COBALION** ④ **GIRATINA** ⑤ **LATIOS**

⑥ **LATIAS**

⑦ **LUGIA**

PÁGINA 46

ZYGARDE: 305 kg.
XERNEAS: 215 kg.
YVELTAL: 203 kg.
Respuesta: A) 293 kg.

PÁGINA 47

PÁGINA 48

```
L A G I T S N G S B O Y U H T V Y N F F
U G N F O B I A Z U X T V O S V M L W K
X X R I I R G L X A A T S K R I R N S N
O Y N Y A L Y I E W P F M S C B P L U M
Y V R T A T E G S O N D S K P A R W P E
J N I I N E N O I L A B O C N Z G X V D
D N D L C R A T I J W I V S A E Z A Y F
A J J X R R F K I E P J L Q R L U K S C
P A L K I A Z I W R A G T Z T F X E E G
Q U Q N F K Y K Q S P D F I A N F M D R
R Y Q S W I K E M V Z S I O E B G F J Q
W N G T L O E C E S A V E G H Q X P C D
W T T W R N M D H S J S E M V L R U O K
K E Z X B W A M M M V I H D W Q K G N W
L W R S Y P B V D Q F C S F B C C W V X
```

PÁGINA 50

CELEBI: Psíquico / Planta

PÁGINA 52

JIRACHI

GENESECT

KELDEO

ARCEUS

SHAYMIN

HOOPA

DIANCIE

MELOETTA

PHIONE

PÁGINA 53

1 DARKRAI

2 DIANCIE

3 HOOPA

4 ARCEUS

5 VICTINI

6 SHAYMIN

PÁGINA 54

Colors:
1) Azul | Verde | Gris | Blanco

PÁGINA 55

JIRACHI:
Acero / Psíquico

PÁGINA 57

1 MEW

2 CELEBI

3 JIRACHI

4 PHIONE

5 GENESECT

6 MANAPHY

7 KELDEO

8 SHAYMIN

9 VICTINI

10 DARKRAI

11 ARCEUS

12 MELOETTA

13 DIANCIE

PÁGINA 58

S K G L P E W H K I C O S Z E Z H C R H
A H Y D B P U Y V X E L T O O E R Q A Y
Z B A U R X C S B D P X W E Q P K Y O O
T H N Y Y E W P L H H Z B W F R U N S C
J P M F M X J E C S P H W A A D A U I O
C P Y W V K Q F Z Y C T V J J K P V U
I X I L D K N H K T H T M C A T P V X U
P X U C B N A L G G S J S E F S A X B Z
Y E Y Y P L V E N J U Y H N W P X R O V
Z H O E I C N A I D E M D N F S Z T U I
W L P A G S X J L R C M E L O E T T A C
R A S A E J K K H D R H O O P A T Y Y T
B K T C N K J X F F A M A X F L O H Q I
R J T I D A T Z P M M T O Y L B Z P Q N
F W F D I B M N D U C D L V O R O M M I